人間椅子

江戸川亂步 + ホノジロトヲジ

首次發表於「苦樂」1925年10月

江戶川亂步

明治27年（1894年）生於三重縣。畢業於早稻田大學。曾任雜誌編輯、新聞記者，以〈兩分銅幣〉登上文壇。曾發表以明智小五郎為主角的偵探小說等為數甚多的創作，主要作品有《怪人二十面相》、《少年偵探團》等。「少女的書架」系列中，除了本作之外，尚有《與押繪一同旅行的男子》（江戶川亂步＋しきみ）。

繪師・ホノジロトヲジ（仄白）

2015年起以自由插畫家的身分活躍業界，從事角色設計、插畫等工作。著有《死後之戀》（夢野久作＋ホノジロトヲジ）、《外科室》（泉鏡花＋ホノジロトヲジ）、《瓶詰地獄》（夢野久作＋ホノジロトヲジ）、《シキノメモリエ》、《しろしろじろ》等作品。

每天早上，佳子在玄關送了丈夫去官廳上班，總是已過十點，終於是自己的時間了，她如往常般進了洋館內與丈夫共用的書房裡閉關。她正在為K雜誌這個夏季的增刊號創作一部長篇。

身為美麗閨秀作家的她，相較於最近外務省書記官丈夫的存在感轉淡，變得更有名了。她每天都會收到好幾封陌生崇拜者的信件。

今天早上也是，她在書桌前坐下，開始工作前，也會先翻閱那些陌生人的信件。

這些信件的內容，儘管顯然盡是一些無聊細瑣的內容，但基於女性的溫柔善意，無論是怎麼樣的信件，只要是寄給自己的，她一定都會讀過一遍。

她先處理簡單的部分，看過兩封信與一張明信片，只剩一個像是裝了厚重稿件的郵件。尤其是沒收到通知信、突然寄來原稿的狀況，至今經常發生。那多半是冗長而無趣的文章，不過她想反正只是看一下標題，便拆開信封，將裡面的紙本取出。

與預想相同，那是裝訂好的稿件。然而，不知為何，沒有標題也沒有署名，信首突然以「夫人」稱呼。她感到困惑，那麼，這果然是一封信吧。她這麼想著，隨意瀏覽了兩三行，產生了一股異常、奇妙而恐怖的預感。於是，在好奇心的驅使下，她迅速地往下閱讀。

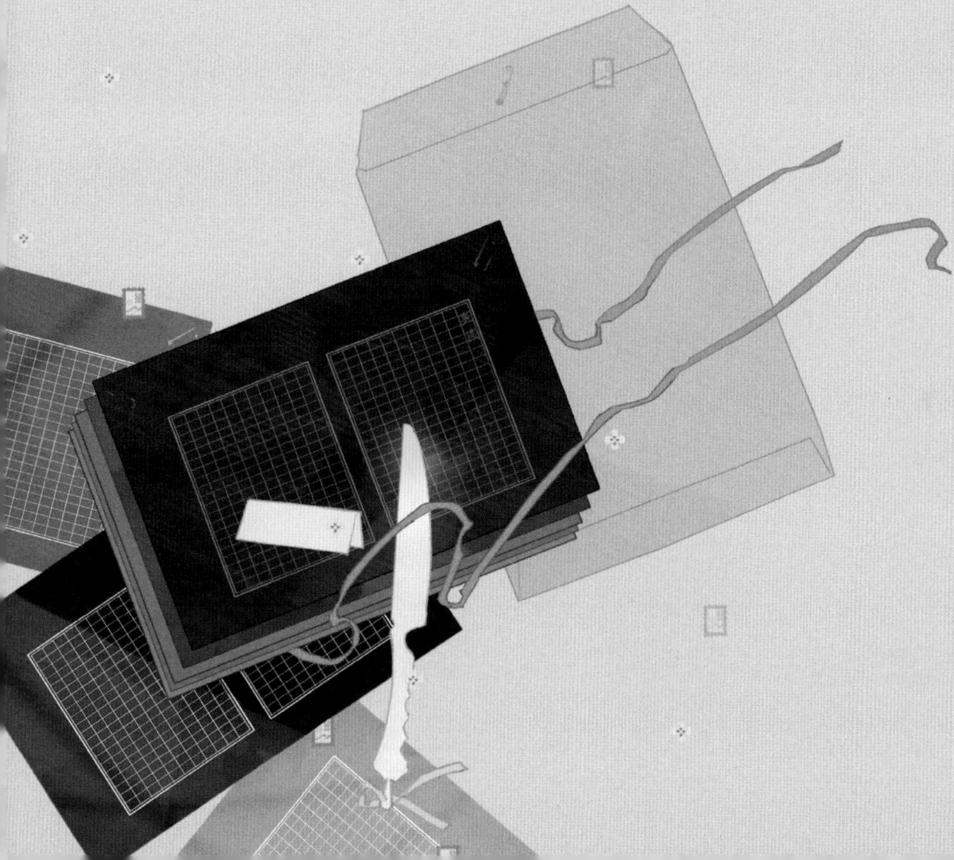

夫人。

對夫人來說，這是一封由完全陌生的男子突然寄來的無禮信件，懇請原諒。

我這樣說，夫人想必十分驚訝吧，但我此刻想向您坦承我所犯下的、對世間而言也是不可思議的罪行。

數月間，我從人世徹底隱匿了行蹤，持續著實如惡魔般的生活。當然，在廣大的世界中，無人知道我的所作所為。若是毫無意外，也許我就此永遠不再重回人世。

然而，直到最近，我的心情產生了不可思議的變化。無論如何，我不得不為自己不幸的身世而懺悔。不過，僅僅這麼說，必然有許多可疑之處吧，所以，請務必讀完這封信。如此一來，我的心情為何如此轉變，以及為什麼特意要向夫人坦承，就會一清二楚了。

那麼，該從哪裡寫起才好？這件事太過悖離人性、怪誕異常了，以人世所使用的書信這樣的方法，令人感到可恥，落筆也變遲鈍了。但猶豫再三也沒有用。總而言之，我就依照事件發生的順序來寫吧。

我自出生以來就擁有醜陋的容貌。請務必記住這一點。倘若您接受了我無理的請求，願意與我會面的話，我這醜惡的容貌，經歷了長年不健康的生活，變成了更令人無法卒睹的慘狀，若是沒有做好心理準備，就在您的眼前露面，對我而言是無法忍受的。

我這樣的男人，人生是多麼不幸啊。容貌雖然醜惡，但胸口卻燃燒著不為世人所知的熾烈熱情。我的相貌有如怪物，此外，我只是個貧困的工匠，我想忘卻這樣的現實，自不量力地嚮往著甜美、豐饒、各式各樣的「夢」。

我若是在更富裕的家庭出生，憑藉金錢的力量，我應該可以縱情在各種遊戲，逃脫醜貌所導致的苦悶吧。或者，我若是更有藝術天分，應該可以憑藉美麗的詩歌，忘記這個世間的無趣吧。但是，不幸的我並沒有任何天賦，做為一名家具工匠的孩子，我繼承了家業，只能一天一天地苟且生活，別無他法。

我的專職是製作各種椅子。我所做的椅子，連最挑剔的客戶都感到滿意。商會對我特別看重，也將上等家具的訂單交付給我。那些上等家具，對靠背或扶手的雕刻要求特別嚴苛，坐墊的狀態、各部位的尺寸，有著微妙的偏好，對於製作者而言，必須耗費外行人根本難以想像的苦心，但在費盡心思後，完工時的喜悅則是無與倫比。自傲地說，這樣的心境，與藝術家完成了傑出的作品時是足以相提並論的。

每一張椅子完成後，我會先自己試著坐坐看，感受坐著的觸感。在乏味的工匠生活中，只有此時此刻，我可以感受到難以言喻的滿足。未來將會是哪一位高貴的先生，或者是美麗的女士就坐呢？能下訂如此高級座椅的宅邸，那裡必然也會有著與這張椅子相襯的麗間豪房吧。

牆壁上懸掛的，是知名畫家的油畫，自天花板垂落的，必定是富麗寶石般的水晶燈。地板上鋪展了昂貴的地毯吧。接著，這張椅子前的桌子，擺設了奪目的西洋花草，散發甜美的香氣，盛意綻放。我沉浸在那樣的妄想中，不知不覺，彷彿自己已成為那間華屋的主人了，儘管只有一瞬間，仍給了我無法形容的愉悅心情。

我的短暫妄想，漸漸地，繼續無止無盡地增長。這個我，這個窮困、醜陋、只是一名工匠的我，在妄想的世界裡，化為風雅的貴公子，坐在我所打造的出色作品上。接著，伴隨而來的，總出現在我的夢境之中，是我美麗的戀人，帶著甜美的笑容，傾聽著我說話。不只如此，在我的妄想中，我與她手牽著手，在耳邊呢喃，交相訴說著甜蜜的情話。

然而，我這場舒服軟嫩的紫色美夢，總是會立刻被鄰家老婦嘈雜的說話聲，及歇斯底里般的哭叫——那是附近病童的聲音所妨礙，在我的面前，醜惡的現實又再度暴露了那灰色的屍骸。回歸現實的我，與夢中的貴公子毫無相似之處，只能悲哀地見到醜陋的自己。還有，才剛對我展露甜美笑容，那美麗的人兒……她究竟在哪裡啊。連在一邊玩得滿身灰塵、骯髒的小保母也不願朝我這邊多看一眼。只有那一張我所製作的椅子，宛如方才夢境的遺跡，寂寞地留在原地。然而，那張椅子在不久之後也將被搬運到無人知曉的、與我們截然不同的另一個世界去。

於是，每當我完成了一張又一張的椅子，無法言喻的空虛感就會朝我襲來。那無法形容、嫌惡的、嫌惡的心情，經年累月，漸漸地令我再也無法忍受了。

「與其過著這種螻蟻般的生活，乾脆死掉算了。」

我認真地思考那樣的事。我在工作室一邊鑿木、打釘，或是一邊調製刺激性塗料時，我也執拗地思考著相同的事情。

「但是，等等，既然想死，能下定這樣的決心，難道沒有其他辦法嗎？比方說……」

於是，我的想法逐漸往恐怖的方向奔去。

剛好那時我接到一件未曾處理過的委託，要製作一張大型的安樂椅。這張椅子會送到同樣位於Y市、某家由外國人所經營的飯店。原本，應該是從他的母國運來，但雇用我的商會從中協調，說日本也擁有不遜於舶來品的製椅工匠，才拿下這張訂單。因此，我廢寢忘食地投身製作工作，徹底地聚精會神、埋頭打造。

終於，見到完工後的椅子，我感覺到前所未有的滿足。對我來說，我愈看愈感覺到這是一項傑出的工藝品。照例，我將四張一組的其中一張椅子，搬到採光良好的木質地板隔間，舒適地坐了下來。坐起來真是舒服。蓬鬆、軟硬合宜的坐墊彈力適中，刻意不加以染色，以灰色的原貌鋪上，呈現皮革表面的觸感，保有適度的傾斜，輕柔地支撐著背部的飽滿靠背，描繪出細膩的曲線，兩側的扶手豐勻地隆起，這一切，維持了不可思議的協調感，渾然天成地體現了「安樂」這個形容詞。

我讓身體深深地陷入椅內，雙手愛撫著圓潤的扶手，深深著迷。接著，我的癖好又來了，無法阻止的妄想，有如五色的彩虹般，以耀眼的色彩一次又一次地湧現。那難道是幻象嗎？我心中的思緒如此清晰地自眼前浮現，我是不是發瘋了呢？我開始感到恐懼。

就在此刻，我的腦中突然浮現一個絕妙的念頭。惡魔的耳語，大概就是指這樣的事情吧。那是如同作夢般荒唐無稽、令人極為毛骨悚然的想法。然而，正是這股毛骨悚然，變成了無法言喻的魅力，將我誘惑。

起初，對於我所精心打造的美麗座椅，我僅僅是不願放手，如果可以的話，我願意與這張椅子一同到任何地方，只是這麼單純的心願。在恍恍惚惚之間，妄想的羽翼展開，不知不覺地，這與我那天在腦中發酵的恐怖想法連結在一起了。我怎麼會變得那麼瘋狂。那怪異至極的妄想，我竟開始思考著應該如何實現。我緊急地拆解了這四張椅子中最完美的一張。接下來，我再次重新製作，以執行我的怪異計畫。

那是一張超大型的安樂椅，從坐墊延伸到地板處都是以皮革包覆，此外，靠背與扶手都非常厚實，內部有一個連通的空洞，即使有一個人藏進其中，也絕對無法察覺。理所當然，裡面安裝了結實的木框、大量的彈簧，我只要進行適當加工，製造出足夠的空間，讓坐墊的位置可以容納膝蓋、靠背的部分可以容納頭部及身體，恰好以椅子的形狀坐入，就能潛伏其中。

這種加工是我的看家本領，我有熟練的技巧能將椅子製造得更方便。例如，為了呼吸、聽見外部的聲響，我在皮革的一塊區域製作了難以察覺的空隙，靠背的內部，剛好是頭部的側邊，裝設了小型置物架，能做為儲藏用途（放置水壺、軍用乾糧），而為了某個用途，也準備了大型的橡膠袋，以及其他的各種方案，只要有食物，就算在裡頭住兩三日，也不會感覺不便。也就是說，這張椅子變成了一間單人房。

我身穿一件貼身襯衣，打開裝設在底部的出入門蓋，就能徹底潛藏在椅子當中。這真是極為異常的感覺。漆黑、窒悶，猶如進入墓穴般不可思議的感覺。仔細思考，這確實是一座墓穴。我爬入椅子的同時，彷彿穿上了隱身蓑衣，從這個世界消滅了。

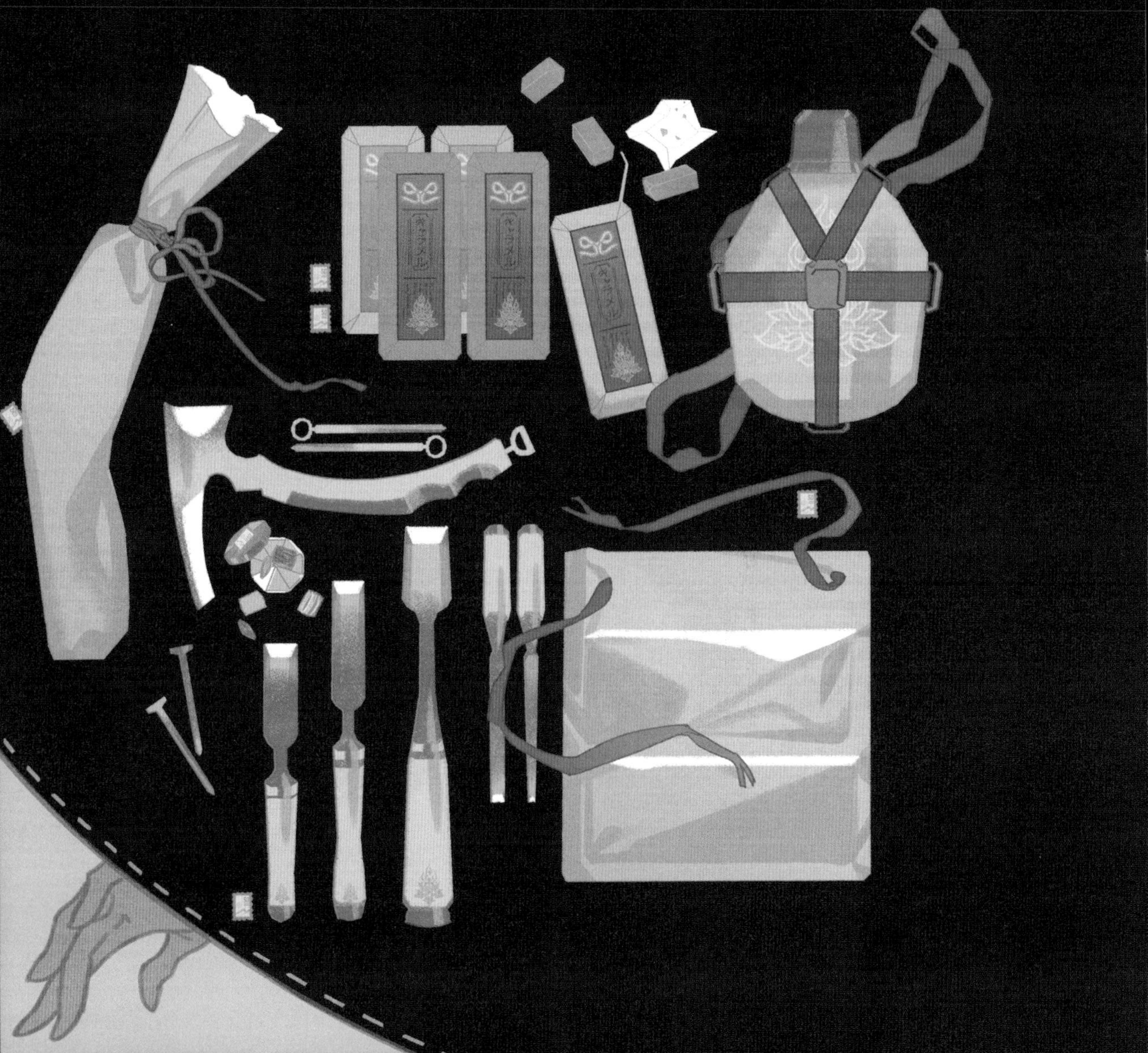
キャラメル

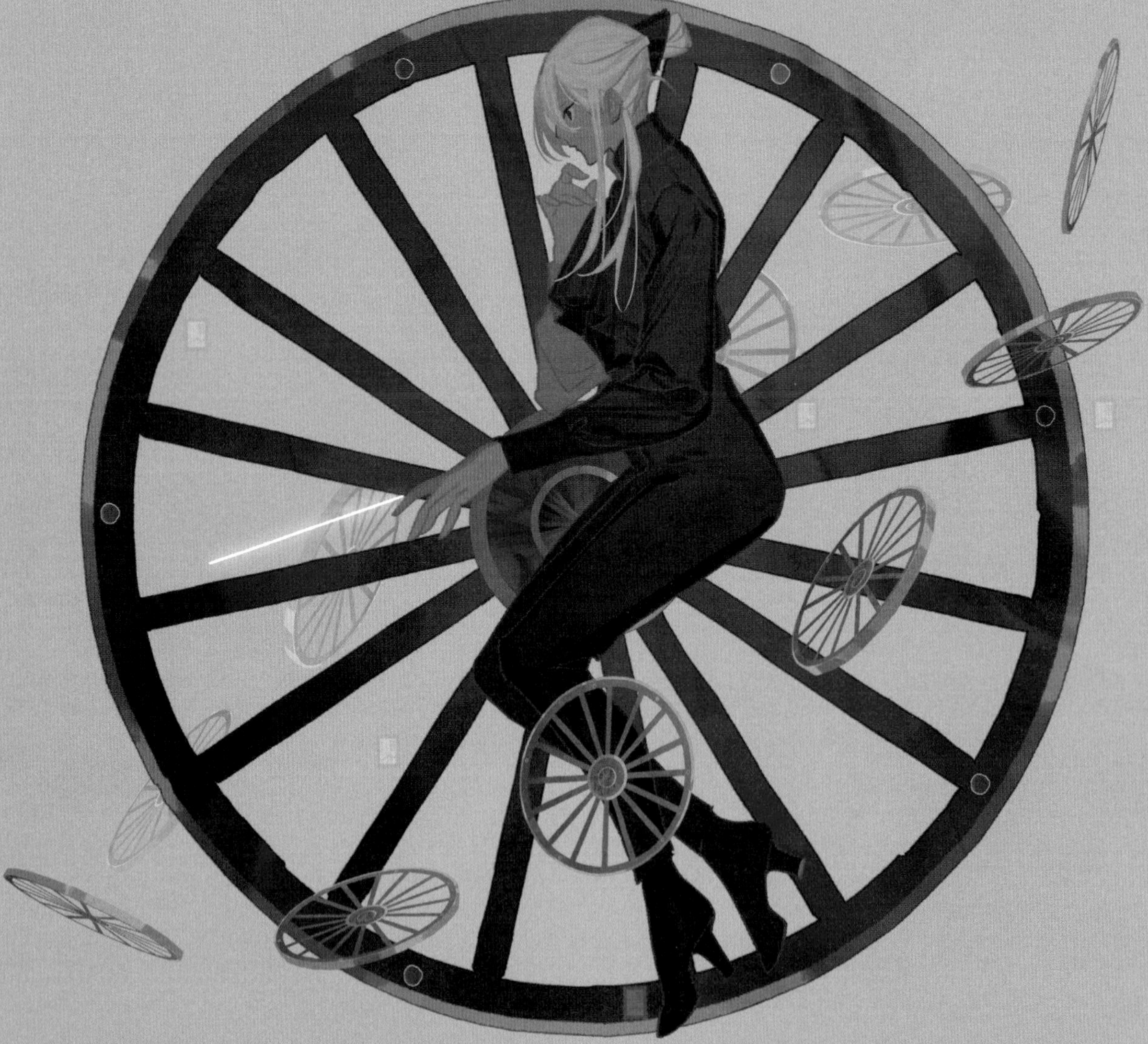

很快地，商會派來的僕役，為了搬取這四張安樂椅，帶了大型拖車前來。我的徒弟（我與他兩人同住）毫不知情地接待了僕役。將椅子裝車時，一名搬運工大喊：「這也重得太誇張了！」人在椅中的我不禁嚇了一跳，但畢竟安樂椅本身就是非常重的物品，不致引起懷疑，沒多久，拖車咔噠咔噠的震動，將一種異樣的觸感傳入我的身體。

我儘管非常擔心，但最後什麼事都沒發生，當天下午，我藏身的安樂椅已經被安放在飯店的一個房間裡了。我後來才知道，這並不是私人房間，而是用來等人、看報、抽菸、各式各樣的人頻繁出入，可以稱為交誼廳的房間。

您應該已經發現了吧，我這項奇異行動的首要目的，就是趁著無人察覺之時離開椅中，在飯店裡伺機行竊。椅子裡能藏匿一個人，如此荒謬的事情，任誰都想像不到。我就像影子般地自由自在，潛入一個又一個房間。然後，當眾人開始騷動時，再返回椅中的藏身處。接著，還可以屏氣觀賞他們愚蠢的搜索行動。您應該知道在海岸的潮汐區間，有一種稱為「寄居蟹」的螃蟹吧。牠的形體像是大型蜘蛛，四處無人之際，就會放肆地到處走動，但只要聽到一點腳步聲，便以驚人的速度躲回貝殼之中。接著，牠會微微伸出令人不快、毛茸茸的前足，以窺探敵人的動靜。我正好就是「寄居蟹」。我用椅子代替貝殼，不在海岸而是在飯店中放肆地到處走動。

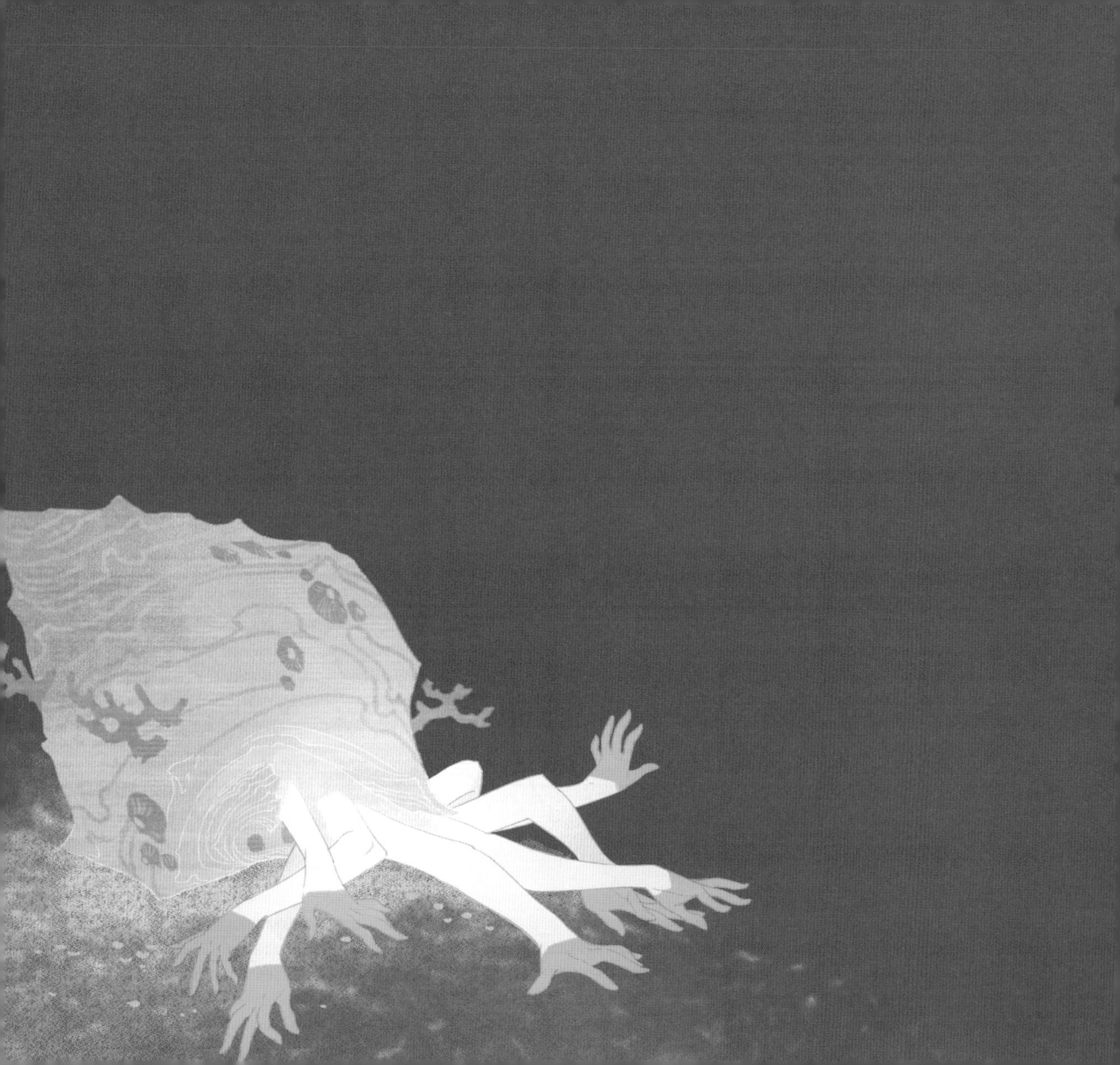

我這奇異的計畫正是因為奇異，才能出人意料之外地大獲成功。來到飯店的第三天，我已經得手多次，滿載豐收。真正動手偷竊時恐懼、興奮的心情，順利成功時難以形容的喜悅，以及注視著眾人在我眼前發生騷動，說著「他逃到那裡了」、「他逃到這裡了」的可笑場面。這一切充滿著不可思議的魅力，讓我感到開心。

不過，很可惜，我沒有餘裕詳細說明了。因為我發現了比起竊盜還愉快十倍、二十倍的新奇樂趣。而且，向您坦承這件事，實際上才是我寫這封信的真正目的。

說明回到前頭，必須從我的椅子安置在飯店交誼廳的時候開始。

椅子送來後，過了一會兒，飯店的老闆們都來試坐，然後，變得靜悄悄地，完全沒有聲音。可能是房裡已經沒有人了。可是，一到飯店後就要離開椅子，這麼危險的事情我做不到。我花了非常長的時間（雖然可能只是我感覺很漫長）將注意力集中在耳邊，仔細聆聽外頭是否有任何聲響，全神貫注地注意周遭的動靜。

過了一陣子，大概是從走廊傳過來的，響起了沉重的腳步聲。然後，接近到二三間的距離，由於房內鋪設了地毯，轉變為幾乎難以聽見的低音。很快地，我聽見粗重的男性鼻息，霎時，西洋人般的龐大身軀，沉重地落在我的膝上，並柔軟地彈跳了兩三次。我的大腿與那名男性的壯碩臀部，僅僅隔著薄薄的一層皮革，幾乎可以傳遞體溫般地密接著。他寬闊的肩膀，恰好靠在我的胸部，厚重的雙手，隔著皮革與我的手相疊。接著，男子似乎抽起了雪茄，一股濃厚的男性氣味從皮革的縫隙間飄入。

夫人，假設您在我的位置上，請想像當時的處境。那是不可思議到極點的感覺啊。我因為驚恐過度，在椅內的黑暗中僵硬地縮著身體，從腋下不停滴落著冷汗，完全喪失了思考力，茫然若失。

從那個男人開始，那天一整日有各式各樣的人在我的膝上不停輪流起立、坐下。而且，沒有人知道我的存在——他們都以為那是柔軟的坐墊，卻完全不知道——實際上那是我這有血有肉的大腿。

一片漆黑、動彈不得，皮革內的天地，卻是怪奇、充滿了魅力的世界啊。在這裡，所謂的人類，與平常所看到的人類，是截然不同的生物。他們是聲音、鼻息、腳步聲、衣服摩擦聲，以及幾坨渾圓而有彈性的肉塊而已。我可以用肌膚的觸感來代替容貌，辨識出他們每一個人的身分。有的人肥胖臃腫，觸感像是一團腐肉。相反的，有的人骨瘦如柴，感覺宛如屍骸。此外，根據背骨的彎曲程度、肩胛骨的間距、手臂的長度、大腿的粗細、尾椎骨的長短來綜合判斷，無論身材再怎麼相似，必然能找出差異之處。人類除了容貌、指紋之外，透過全體的觸感，也能夠完全加以識別。

至於異性，也是相同的。一般情況下，主要是依據容貌美醜來進行評論，但在這張椅子中的世界，那根本不是問題。在這裡，只有赤裸的肉體、聲音的狀態、氣味而已。

夫人，請不要因為我過分露骨的記述而不悅。在這裡，我熾烈地愛上了一名女性的肉體（她是坐上我椅子的第一位女性）。

由聲音來想像，她還是個年輕的異國少女。剛好那時房裡沒有其他人，她好像有什麼開心的事，一邊小聲地唱著不可思議的歌，以舞蹈般的腳步走來。然後，來到我潛伏的安樂椅前，突然把豐滿柔嫩的肉體投在我的身上。而且，她不知道在笑什麼，忽然呵呵哈哈地笑了出來，手舞足蹈，像是網中的魚兒般躍動著。

接下來的大約半個小時，她坐在我的膝上，不時唱著歌，沉甸甸的身體也配合歌曲的旋律扭擺著。

事實上，對我來說，這根本是無法預期、驚天動地的大事件。女性是神聖的，不，毋寧說是恐怖的，令我甚至無法直視。而現在我居然與一位陌生的異國少女，不但同在一個房內，同坐一張椅子，還僅僅隔著一層薄薄的皮革，幾乎能感受到肌膚的緊密相貼。雖然如此，她卻沒有絲毫不安，把全身的重量都交給我，在四下無人之際，隨心所欲地展露各種姿態。我在椅子中可以對她做出彷彿擁抱的動作。從皮革的背面，可以親吻她豐潤的頸子。此外，不管想做什麼事，都能夠自由自在。

有了這個驚人的發現後，我將偷竊從最初的目的放到第二，讓自己沉溺在那不可思議的感觸世界。我心想，這個椅子中的世界，才是上天所賜予，真正屬於我的歸宿。像我這樣醜陋、軟弱的男人，在光明的世界中總是感到自卑，除了羞恥、悲慘的生活之外，一無是處。可是，一旦改變居住的世界，來到椅子之中，只要稍微忍耐侷促，在光明的世界中無論交談、靠近都不被允許的美女，在這裡可以親近、聆聽聲音，甚至肌膚接觸。

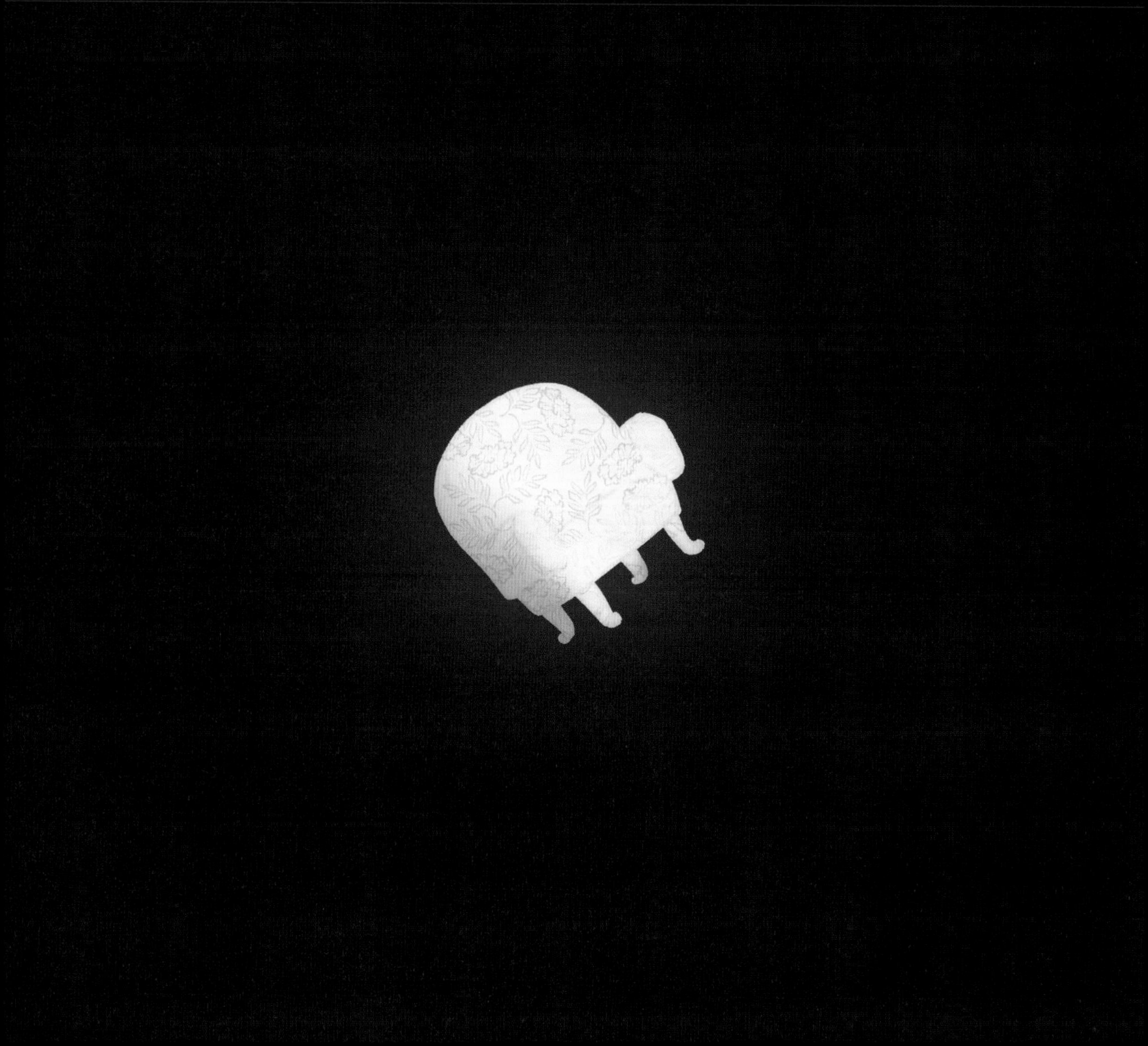

椅中之戀！這是多麼不可思議、令人如痴如醉的魅力，若非實際進入椅中的人，是無法體會到的。那是僅有觸覺、聽覺，以及些許嗅覺的戀愛。這是闇黑世界的戀愛。絕不是這個世界的戀愛。這就是惡魔之國的愛欲嗎？仔細思考，在世人們視線無從看見的角落，有何種異形、恐怖的事情正在進行當中，實在是無從想像的。

當然，原本預計是在達成偷竊的目的後，就要立刻逃出飯店，但我已經陷入了世界上最怪異的喜悅，別說是逃離了，我甚至打算永遠居住在椅中，持續著這樣的生活。

每到夜晚的外出，我會謹慎再三，不發出任何聲響，不被他人看見，所以當然不會發生任何危險，然而，在數個月的漫長時日裡，能夠絲毫不被察覺地生活在椅子當中，連我自己都感到驚訝。

由於幾乎一整天都得待在極為狹窄的空間彎臂屈膝，我的身體麻痺，無法完全站直，結果導致往返廚房、廁所時只能以膝爬行過去。我這個男人，恐怕是真的瘋了吧。寧願忍耐這樣的痛苦，也無法捨棄這個不可思議的感觸世界。

有的人在這裡住宿一兩個月，當成住家一樣，但這裡原本就是飯店，客人出入頻繁。因此，我奇異的戀愛也不得不時常更換對象。然而，對於這些數不清的不可思議的戀人，我的記憶並不同於一般人是依容貌而來，而是依據身體的型態刻在我的心中。

有的人如小馬般精悍，有苗條緊緻的肉體；有的人如蛇般妖豔，有自在靈動的肉體；有的人如皮球般豐腴，有富含脂肪、彈性的肉體；又有的人如希臘雕像般結實，有飽滿發達的肉體。此外，無論是哪一位女性的肉體，各有各的特徵，全都充滿魅力。

就這樣，在女體的變換之間，我又經歷了其他不可思議的經驗。

其中一次，是某天歐洲某強國的大使（這是從飯店的日本人服務生的談話中得知）將他的碩大身軀坐在我的膝上。比起政治家的身分，他的詩人身分更是世界聞名，廣為人知，因此，能接觸到這位大人物的肌膚，更使我備感自豪。他在我的身上，與兩三名同國人士交談大約十分鐘，隨即離去。他們說了什麼，我當然是一無所知，但每當他變換姿勢，比起一般人更感覺溫暖的肉體的，那搔癢般的觸感，給了我無以名狀的刺激。

那時，我遽然做了這樣的想像。如果，我從皮革背面以鋒利的刀刃瞄準他的心臟猛力一刺，會有什麼後果？當然，這必定會造成他無法再起的致命傷。為此，比起他的母國，日本政壇一定會上演巨大的騷動吧。在新聞上會刊載多麼煽情的報導呢？

這不僅對日本與他母國間的外交關係會發生巨大影響，從藝術界的立場來看，他的死亡也是全世界的莫大損失。這麼重大的事件，我一出手就能輕易實現。一想到這裡，我就無法克制地洋洋得意起來。

還有一次，是某國的知名舞蹈家訪問日本，恰好在這家飯店住宿。儘管只有一次，她坐上了我的椅子。那時，與大使的情況相似，令我深受感動，此外，她也給了我從未經驗過的理想肉體美的觸感。面對那份絕世之美，我無暇產生卑劣的想法，只懷著猶如面對藝術品的虔敬心情，對她由衷讚美。

卸
卸
卸
卸
卸

此外，我還有過許多珍奇、不可思議，或是毛骨悚然的各種經驗，但詳細說明這些事情，並不是這封信的目的，我已經寫得太冗長了，還是盡快進入重點吧。

在我潛入飯店的數個月後，我的命運發生了變化。原因是飯店的經營者因故決定回國，飯店原封不動地轉讓給日本人的公司。而日本人的公司則變更了過往奢華的營業方針，改以大眾化旅館的路線，追求更高的獲利。因此，不再需要的家具就委託了某大家具公司進行拍賣，在拍賣目錄中，也列進了我的椅子。

得知這個消息，一時之間我大為失望。我一度打算回到現實世界，展開新的生活。那時我已經竊得了相當金額的財物，就算回到人世，也不必像以前那樣過著悲慘的生活。但，我又心念一轉，離開這家外國人的飯店，固然是極大的失望，另一方面，也代表了全新的希望。畢竟，我在這幾個月內雖然愛過許多異性，但對象都是外國人，無論是再出眾、再美好的肉體，我在精神上仍然有一種奇異的不滿足感。果然，日本人若不是跟日本人，應該無法感受到真正的戀愛吧。我逐漸有這樣的想法。就在此時，我的椅子上了拍賣場，下次也許會是由日本人買到。然後，也許會放在日本的家庭裡。那就是我的新希望了。總而言之，我想暫時繼續留在椅中生活一陣子。

在古物店裡待了兩三天，感覺十分辛苦，但拍賣開始以後，非常幸運的，我的椅子立刻就成交了。因為儘管已是中古物件，但依然是一張備受矚目、極為出色的椅子吧。

買主是一位距離Y市不遠、住在大都市內的某官員。從古物店到前往他宅邸之間的數里道路上，卡車在運送時發生了激烈的顛簸，令我在椅子中痛苦得幾乎死去，但買主是一位日本人，與如我所願的欣喜相比，這點苦並不算什麼。

買主擁有氣派的豪宅，我的椅子安置在洋館裡寬敞的書房，令我更感到滿意的是，家中年輕美麗的夫人，比男主人更常使用這間書房。接下來的一個月間，我與夫人無時無刻地在一起。除了夫人用餐、就寢的時間以外，夫人柔嫩的肉體總在我的身上。因為這段時間，她總是在書房裡閉關，埋頭創作。

我有多麼愛她，無須在這裡絮絮叨叨。她是我第一個接觸的日本人，而且肉體完美無缺。在這裡，我終於初次感受到真正的戀愛了。相較之下，在飯店裡那些為數甚多的經驗，並不能稱之為戀愛。證據在於，至今我從未感受到的，只有在面對那位夫人的時候，我不甘僅止於享受著祕密的愛撫，有時，我還千方百計地想讓她察覺到我的存在。

假使能做得到，我希望夫人能意識到椅子中的我。厚臉皮地說，我也希望能得到她的愛。但是我該如何向她暗示？如果我直接讓她明白椅子裡藏了一個人，她必定會驚嚇過度，並將這件事告訴男主人或家僕。這一切都將毀於一旦，我也會背負可怕的罪刑，接受法律制裁。

所以，我想全力以赴，至少讓夫人在我的椅子上獲得無比的舒適感，進而產生愛意。身為藝術家的她，一定擁有比常人更甚的纖細敏感。如果她能感覺到我的椅子是有生命的，不只是一件物品，而像是對待生物般地鍾愛，我就心滿意足了。

當她將身體投向我身上時，我總是盡可能溫柔地接住她。當她在我的身上感到疲倦，我會悄悄移動膝蓋，調整她身體的位置。還有，當她昏昏沉沉地開始打瞌睡時，我會極輕極微地晃動我的膝蓋，發揮搖籃的作用。

不知我的體貼是否有了回報，或者，單純只是我的錯覺，最近夫人似乎愛上了我的椅子。她如同嬰兒般被抱在母親的懷中，或是少女回應情人的擁抱那樣，甜蜜而溫柔地讓身體沉入我的椅子。接著，在我的膝上，她移動身體的模樣，更顯得令人憐愛。

就這樣，我的熱情一天一天更熾烈地燃燒著。終於，啊啊，夫人，我產生了一個罔顧個人身分的大願。我由衷思念，只要能看到我的戀人一眼，還能說幾句話，我便死而無憾。

夫人，想必您已經明白了吧。那位我所說的戀人，請原諒我太過無禮，其實就是您。您的丈夫在Y市的古物店買下了我的椅子以來，我就成了一個可悲的男人，不斷地向您獻上雲泥之別的愛戀。

夫人，這是我此生唯一的願望。只要一次就好，是否能與我見面？而且，縱使只有一句話，我這個可悲的醜男，是否能獲得妳的安慰？我絕不會再有更多的奢望了。我這個醜陋、污穢至極的男人，只有這樣的願望。請您允許，允許這個世界上最不幸的男人誠懇的請求吧。

昨夜為了寫這封信，我離開了這座宅邸。當面向夫人開口請求，實在非常危險，令我實在無法這麼做。

而且，當您閱讀這封信的此時此刻，我正擔憂得臉色青白，在宅邸的周圍徘徊不去。

若您肯答應這世上最無禮的要求，請在書房窗戶的石竹盆栽上，將您的手帕掛上。看到了這個信號，我將會若無其事地以一名訪客的身分，來到府上玄關。

最後，這封不可思議的信件，以一句熱烈的祈願辭結束。

佳子在信件讀到一半之際，即因為恐怖的預感而嚇得臉色發青。

她無意識地站起身來，從擺置了恐怖的安樂椅的書房裡逃出，來到日式起居室。她本想不再閱讀信件的後半，直接撕破丟棄，但心中充滿不安，在起居室的小桌前繼續讀完了。

她的預感果然正確。

啊，這是多麼駭人的事實！她每天坐著的那張安樂椅中，竟然藏著一名陌生男子。

「啊啊，太噁心了！」

她感覺到一股惡寒，彷彿背上淋了冷水，禁不住這不可思議的顫抖，不知何時才能停止。

她驚嚇過度，茫然若失，完全不知道該如何因應這件事。調查椅子嗎？她能做得到這麼恐怖的事嗎？裡頭就算沒有人，也會有食物、他的穢物等殘留的東西。

「太太，有您的信件。」

佳子嚇了一跳，回頭一看，女傭帶著一封似乎才剛寄到的信件。

佳子無意識地收下，正準備拆開時，忽然看到上面的字體，害怕得忍不住放手。寫了她姓名的筆跡，與那封怪異的信件一模一樣。

她考慮了很久，猶豫到底該不該拆封。但最後她終於撕開封口，戰戰兢兢地開始閱讀。信件的內容很短，卻寫著奇妙的文句，令她再次大吃一驚。

突然去信，敬請見諒。我一直是老師作品的忠實讀者。隨信附上的，是我的拙劣創作。若承蒙老師閱讀，給予批評，將是榮幸之至。我因故在寫了這封信之前就將原稿寄出，想必老師已經讀完了吧。

不知老師認為如何？若拙作能獲得老師的肯定，將使我無比高興。

原稿上故意略去未寫，但我想將作品題名訂為〈人間椅子〉。

那麼，如有失禮之處，懇請見諒。

＊本書之中，雖然包含以今日觀點而言恐為歧視用語或不適切的表現方式，但考慮到原著的歷史背景，予以原貌呈現。

譯註

第12頁

【商會】（商会）商業組織，多用以表示公司、商店的名稱。

第19頁

【安樂椅】（肘掛椅子）兩側設有扶手、樣式類似單人沙發的座椅。

第23頁

【安樂椅】（アームチェアー）與「肘掛椅子」同義，為使上下文意一致，易於理解，因此同樣譯為「安樂椅」。

第24頁

【軍用乾糧】（軍隊用の堅パン）正式名稱為「軍隊堅麪」，由小麥粉、砂糖、黑芝麻、鹽所製成，是二次世界大戰時，在福井縣鯖江市駐留的陸軍第三十六連隊為了便於食物攜帶、延長食用期限而製作的壓縮餅乾。目前在鯖江市仍有生產，用於災害儲備食品。

【為了某個用途】（ある用途のために）意思是為了上廁所。原文的表現方式較為隱晦。

第32頁

【間】日本傳統度量衡長度單位，一間約為1.82公尺。

第45頁

【歐洲某強國的大使】（欧州の或る強国の大使）從故事中的各項條件研判，應是保羅・克洛岱爾（Paul Claudel）。生於法國，是詩人、劇作家、散文家、外交官，曾出使清帝國十四年。一九二二年至一九二七年間，赴東京擔任法國駐日大使。其姐卡米耶・克洛岱爾也是雕塑家。

第61頁

【石竹】（撫子）石竹科多年生草本植物，株高約30至50公分。夏至秋季開花，為淡紅色，葉子為線狀披針狀。為秋之七草之一，因生命力強，用以象徵日本傳統女性。

解說

日常中的幻想，幻想中的日常／既晴

I

江戶川亂步在中學時，父親經商失敗，家道中落，進入早稻田大學時半工半讀，畢業後一直沒有固定職業，曾從事過造船廠事務員、新聞記者、報業廣告職員，也自營過舊書店、中華拉麵店。

「我想，創作偵探小說的時刻終於來了。」亂步在〈偵探小說四十年〉一文中自述：「因為我失業了，有充分的時間。如果稿件賣得出去，在連菸錢都得節約的此時，沒有更好的事了。把多年來對偵探小說養成的熱情盡數發揮，就是現在了。」失業後，住在大阪的他決定投身創作，過去所經歷過的種種社會底層生活，成了他豐沛的書寫養分。

「真羨慕那個小偷。」這是江戶川亂步出道作〈兩分銅幣〉（1923）的篇首名句。這句印象鮮烈的開場，事實上，也反映了他現實的處境，以及內心的真實渴望——既然不可能去犯罪，那麼就化為文字，藉以娛樂、慰藉吧。在陰濕、苦悶的現實裡，逃遁到華麗、優越的幻夢中，搭建以徹底自我為中心、別無他人的虛構世界，是亂步終生追求、探究的主題，也是他在長年研習西洋偵探小說後，為日本犯罪小說所開創出來的獨特匠心。

亂步的犯罪小說中有兩類，一是繼承歐美解謎犯罪小說、以邏輯、理性為閱讀趣味的「本格派」作品，其中常有名偵探明智小五郎登場；一是脫胎自日本古典鄉野奇談，充滿怪誕、獵奇風格的「變格派」作品。前者以知識分子為目標讀者，後者則深受普羅大眾的喜愛，其後，亂步又撰寫少年讀物，洋溢著冒險元素，啟迪青少年的好奇心，三類並行，奠定他在日本犯罪文學史上的地位。

不過，比起「偵查程序」，亂步更有興趣、著墨甚深的，其實是「犯罪程序」。出道後次年，他發表〈雙生兒〉（１９２４）、〈紅色房間〉（１９２４），確立了以主觀視點講述「完全犯罪」的過程，但不著重在破案過程的敘事風格。

這個路線進一步延伸，亂步捨棄犯罪，純化了幻想性，代表作即是〈人間椅子〉（１９２５）。此作發表於《苦樂》雜誌後，旋即獲得了讀者票選第一名，一時蔚為話題。一九六一年，美國推理作家協會編纂的《短篇推理傑作選》也收錄了本作，這亦是日本作品首次入選。

II

〈人間椅子〉（１９２５）首次發表於《苦樂》。這是他繼〈夢遊者之死〉（１９２５）後，在這本雜誌上發表的第二篇作品。

出道初期，亂步發表作品的雜誌只有兩家，《新青年》與《寫真報知》。《新青年》是刊登日本偵探小說的重鎮，總編輯森下雨村不但大力引介海外作品，也不遺餘力地提攜新人。當他知道亂步立志成為職業作家——事實上，在那個時代，幾乎沒有職業作家，絕大多數都是業餘寫作。森下顧及亂步經濟上的處境，便介紹了《寫真報知》編輯部的野村胡堂（知名作家，以捕物帳小說「錢形平次捕物控」聞名），讓亂步也在這份雜誌上發表作品，增加稿費收入。

很快地，亂步繼續發表〈D坂殺人事件〉（1925）、〈心理測驗〉（1925），兩作與歐美犯罪小說並駕齊驅的水準，大受好評，《新青年》希望他可以每月都提供新作，同時《寫真報知》也密集邀稿，令他信心大增。

然而，亂步並沒有《苦樂》的人脈。當時的雜誌，大多是一群志同道合的文友在出版社的支持下發刊，亦即，撰稿者都是以創刊時的文友為主，路線也是由這群人決定。《苦樂》是一本大眾文藝雜誌，以直木三十五、川口松太郎為首，與偵探小說雜誌的路線並不相同。也就是說，此時亂步不僅受到偵探小說界的肯定，影響力也擴及大眾小說界。

面對新的讀者群，亂步採取的寫作策略是，淡化偵探小說裡的搜查、犯罪元素，加深主角的情感刻劃，刺激閱讀共鳴。這時，亂步的獨特敘事風格，經過了熟練的調整，已超越原有的偵探小說框架。

〈人間椅子〉的情節，談的是一名無名製椅工匠，透過一封長信對地位高貴的女作家告白的經緯。本作融合了亂步正字標記的特異品味——椅匠是個面貌醜陋的男子，不容於世人，這是厭惡他人的「厭人癖」。其後，他藏身椅中，潛入旅館內，行竊、偷看他人行為，也包含了「作惡欲」及「窺視癖」。

尤其顯著的是，椅匠製作安樂椅，躲入椅內，打造個人的烏托邦，忍受椅中狹窄的空間，遂行私欲。這樣的設定，不但表現了讓自己消失於現實世界的「隱身願望」，也是渴望脫離現實，進入異世界的「越境願望」，又是回歸母體的「胎內願望」。

評論家權田萬治在《日本偵探作家論》評述江戶川亂步的〈幽禁的夢境〉中提及，亂步的創作靈感總是來自於現實生活的個人所感。例如，他在撰寫〈人間椅子〉之前，曾經與文友橫溝正史一起前往神戶的家具店，見到一張安樂椅，便突然詢問店員：「這張椅子可以藏一個人嗎？」同行的橫溝在旁，不由得感到丟臉。由此可見，儘管亂步的故事總是充滿幻想色彩，在發想的初時，卻極為重視現實性。

百年後的今日，現實生活中的男性透過Facebook、Instagram、Twitter等社群媒體追蹤網美的關注，那隔著螢幕，對她舉手投足、一顰一笑的關注、熱愛，甚至斗內浪擲千金，不禁令人感覺與〈人間椅子〉的情境有些相似。

而，這正是身為「幻影城主」的亂步，憑空所想像出來的洞見。

解說者簡介／既晴

犯罪、恐怖小說家。現居新竹。創作之餘，愛好研究犯罪文學史，有犯罪評論百餘篇，內容廣涉各國犯罪小說導讀、流派分析、創作理論等。

乙女の本棚系列

『乙女の本棚』

典藏壓紋書盒版

《葉櫻與魔笛》
太宰治＋紗久楽さわ

《與押繪一同旅行的男子》
江戸川亂歩＋しきみ

《檸檬》
梶井基次郎＋げみ

《蜜柑》
芥川龍之介＋げみ

定價：1,600元

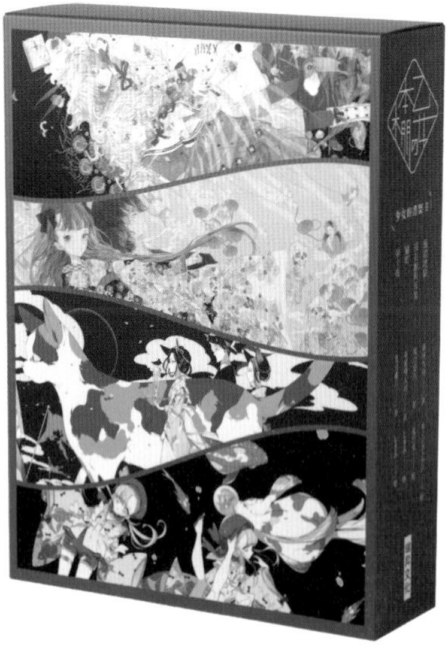

『乙女の本棚II』

典藏壓紋書盒版

《瓶詰地獄》
夢野久作＋ホノジロトヲジ

《夜長姫與耳男》
坂口安吾＋夜汽車

《貓町》
萩原朔太郎＋しきみ

《夢十夜》
夏目漱石＋しきみ

定價：1,600元

『乙女の本棚III』
典藏壓紋書盒版

《女生徒》
太宰治＋今井キラ
《祕密》
谷崎潤一郎＋マツオヒロミ
《山月記》
中島敦＋ねこ助
《外科室》
泉鏡花＋ホノジロトヲジ

定價：1,600元

『乙女の本棚IV』
典藏壓紋書盒版

《K的昇天》
梶井基次郎＋しらこ
《春天乘坐於馬車上》
横光利一＋いとうあつき
《人間椅子》
江戸川亂歩＋ホノジロトヲジ
《刺青》
谷崎潤一郎＋夜汽車

定價：1,600元

乙女の本棚系列

『與押繪一同旅行的男子』
江戸川亂步＋しきみ
定價：400元

『葉櫻與魔笛』
太宰治＋紗久楽さわ
定價：400元

『檸檬』
梶井基次郎＋げみ
定價：400元

『蜜柑』
芥川龍之介＋げみ
定價：400元

『夜長姬與耳男』
坂口安吾＋夜汽車
定價：400元

『瓶詰地獄』
夢野久作＋ホノジロトヲジ
定價：400元

『貓町』
萩原朔太郎＋しきみ
定價：400元

『夢十夜』
夏目漱石＋しきみ
定價：400元

乙女の本棚系列

『女生徒』
太宰治＋今井キラ
定價：400元

『外科室』
泉鏡花＋ホノジロトヲジ
定價：400元

『山月記』
中島敦＋ねこ助
定價：400元

『祕密』
谷崎潤一郎＋マツオヒロミ
定價：400元

『K的昇天』
梶井基次郎＋しらこ
定價：400元

『人間椅子』
江戸川亂步＋ホノジロトヲジ
定價：400元

『春天乘坐於馬車上』
横光利一＋いとうあつき
定價：400元

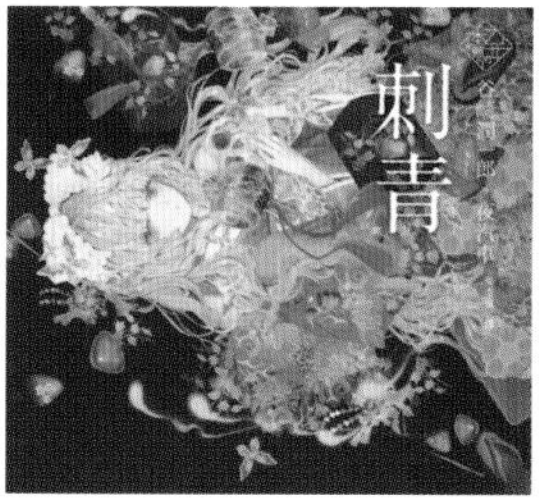

『刺青』
谷崎潤一郎＋夜汽車
定價：400元

譯者

既晴

1975年生於高雄。畢業於交通大學，現職為IC設計工程師。曾以〈考前計劃〉出道，長篇《請把門鎖好》獲第四屆皇冠大眾小說獎首獎。主要作品有長篇《網路凶鄰》、《修羅火》，短篇集《感應》、《城境之雨》等。
譯作有《乙女の本棚》系列：《與押繪一同旅行的男子》、《夜長姬與耳男》、《瓶詰地獄》。

國家圖書館出版品預行編目資料

人間椅子/江戶川亂步作；既晴譯. -- 初版. -- 新北市：瑞昇文化事業股份有限公司, 2022.11
84面；18.2X16.4公分

ISBN 978-986-401-584-9(精裝)

861.57　　111015288

TITLE

人間椅子

STAFF

出版　瑞昇文化事業股份有限公司
作者　江戶川亂步
繪師　ホノジロトヲジ
譯者　既晴

總編輯　郭湘齡
文字編輯　張聿雯
美術編輯　許菩真
排版　許菩真
製版　明宏彩色照相製版有限公司
印刷　桂林彩色印刷股份有限公司

法律顧問　立勤國際法律事務所　黃沛聲律師

戶名　瑞昇文化事業股份有限公司
劃撥帳號　19598343
地址　新北市中和區景平路464巷2弄1-4號
電話　(02)2945-3191
傳真　(02)2945-3190
網址　www.rising-books.com.tw
Mail　deepblue@rising-books.com.tw

初版日期　2022年11月
定價　400元